U0508374

银发川柳

从奔驰车上下来
换乘轮椅

日本公益社团法人全国养老院协会 著
〔日〕古谷充子 绘
赵婧怡 译

人民文学出版社
PEOPLE'S LITERATURE PUBLISHING HOUSE

著作权合同登记号 图字01-2021-2644

SILVER SENRYŪ8 KAKIKONDA YOTEI WA SUBETE SHINSATSUBI
Text Copyright © 2018 Japanese Association of Retirement Housing
Illustrations Copyright © 2018 Michiko Furutani
All rights reserved.
Originally published in Japan by POPLAR Publishing Co., Ltd. Tokyo.
Chinese (Simplified Character only) translation rights arranged with
POPLAR Publishing Co., Ltd.
through Bardon-Chinese Media Agency, Taipei.

图书在版编目(CIP)数据

从奔驰车上下来　换乘轮椅 / 日本公益社团法人全国养老院协会著 ; (日) 古谷充子绘 ; 赵婧怡译. -- 北京 : 人民文学出版社, 2022
(银发川柳)
ISBN 978-7-02-016095-2

I. ①从… II. ①日… ②古… ③赵… III. ①诗集—日本—现代 IV. ①I313.25

中国版本图书馆CIP数据核字(2021)第250964号

责任编辑　朱卫净　王皎娇　胡晓明
装帧设计　李苗苗

出版发行　人民文学出版社
社　　址　北京市朝内大街166号
邮政编码　100705

印　　制　山东新华印务有限公司
经　　销　全国新华书店等

字　　数　74千字
开　　本　787毫米×1092毫米　1/32
印　　张　3.875
版　　次　2022年3月北京第1版
印　　次　2022年3月第1次印刷

书　　号　978-7-02-016095-2
定　　价　36.00元

如有印装质量问题，请与本社图书销售中心调换。电话：010-65233595

银发川柳 8

时代篇

约 30 年后，日本 100 岁以上的人口将超过 70 万。根据“思考人生 100 年实验室”进行的调查（2018 年），很多人提到了“继续工作”“与重要的人一起度过”“挑战兴趣与梦想”“继续学习”等答案。在这些 60 岁左右老人的身上，比起“不安”，他们更多的是“期待”。而在 40 岁以下的一代人中，回答“不安”的占比更高，让人感觉到了两代人之间的隔阂。

I

早上起来
精神不错
不如去趟医院吧

小坂安雄·男性·埼玉县·77岁·无业

『自拍』是什么
新的苍蝇拍吗
我问孙子

石井丈夫·男性·滋贺县·83岁·无业

吃饭时
我和猫猫的餐具
是配套的

角森玲子·女性·岛根县·50岁·个体户

所谓怀旧歌曲
对我来说太新了
唱不来

宫内宏高 · 男性 · 千叶县 · 65岁 · 无业

从奔驰车上下来
换乘轮椅

井堀雅子・女性・奈良县・65岁・无业

不管我问多少遍
都不会生气的
只有Siri注

注：苹果智能语音助手

小栗洋介·男性·东京都·32岁·社会福利单位员工

就算能活一百岁
也会比存款
早一步离世

川野诚·男性·大分县·46岁·医院职员

步幅减小
这样就能
增加计步器上的步数了

中川曙美·女性·新潟县·77岁·无业

诈骗电话打过来

『你老公在吗』

『已经死了』

川野竹子・女性・群马县・73岁・主妇

到底想过什么样的生活
你们也会有
被孩子这么问的一天

和沙乐 · 女性 · 长野县 · 52岁 · 公司职员

以前没有宗教信仰
现在万事都要
拜托神

见边千春 · 男性 · 东京都 · 72岁 · 公司职员

『你俩感情真好啊
没那回事
我只是扯着老伴当拐棍』

佐佐木美知子·女性·埼玉县·67岁·无业

每天护工来
都要说一句『来接您了』注
赶紧停下别说了

相野正・男性・大阪府・68岁・无业

注：『来接您了』在日语中也指『老人去世』

家政清洁员来之前
特意把家里
打扫了一遍

马鞭草·女性·熊本县·82岁·无业

真好吃啊
可是我刚才吃了啥
怎么想不起来了

爱丽丝・女性・三重县・52岁・社会福利单位员工

『行了　不做了』
光是做这么多检查
就让病情又加重了

胜子·女性·山形县·85岁·无业

站着穿鞋
简直是
超高难度动作

近藤真里子·女性·东京都·56岁·兼职打工者

老婆叹气说
现在只剩她老伴
还活着

长谷川明美·女性·东京都·58岁·主妇

年过古稀的我
在镜子中看到了
母亲的脸

佐佐木绫子·女性·大阪府·76岁·主妇

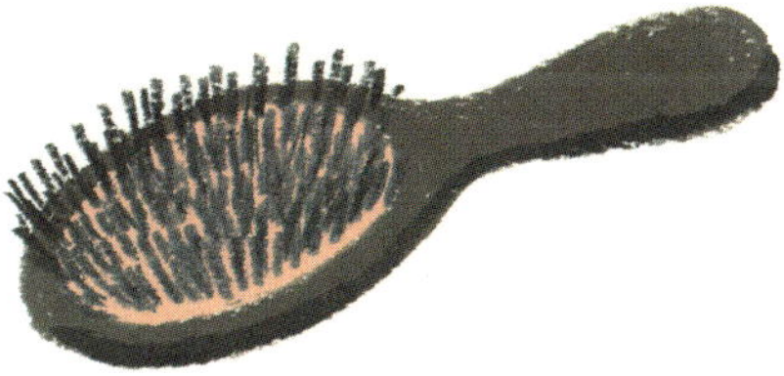

在测出
自己满意的数字之前
反复测血压

春留・女性・东京都・69岁・主妇

II

日历上写满的
预约日期
全部都是体检日

佐佐木纪子 · 女性 · 千叶县 · 45岁 · 兼职打工者

假装收拾东西
其实是在
找东西

樱田睦子·女性·静冈县·69岁·主妇

哄孙子睡觉的爷爷
自己倒先睡着了

岩中干夫 · 男性 · 冈山县 · 41岁 · 公务员

いっす

一天
三分之二的时间
都是在梦里

伊藤雅子・女性・京都府・58岁・主妇

终于到了
被家人要求
交出大权的时候

畑和利・男性・北海道・52岁・个体户

参加旅行团
以前为了看房子
现在为了看墓地

春留·女性·东京都·68岁·主妇

比家人的声音
更温柔的是
护理机器人的声音

下芳雄・男性・茨城县・67岁・自由职业者

老婆的字典里
没有
『商量』二字

阿闪·男性·埼玉县·70岁·设计师

过生日时
孙子送了我一本
临终笔记本

菅井一男·男性·京都府·68岁·无业

家里的泡澡顺序
老婆第一
我最后

铃木富士夫·男性·埼玉县·67岁·个体户

当你说自己『老糊涂』的时候
说明你还年轻

永田寿道 · 男性 · 冈山县 · 68岁 · 农业从业者

哪怕年纪差一轮
也看不出
有什么区别

福西泰子・女性・大阪府・81岁・无业

孙子做实验
把我的假牙
泡了一整晚

岛田正美·男性·埼玉县·68岁·无业

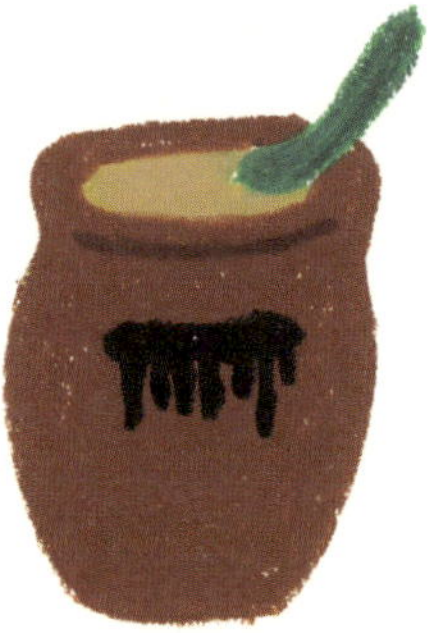

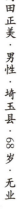

跟家人商量好了

防止诈骗电话的暗号

结果我给忘记了

谷村弘子・女性・新潟县・71岁・无业

今年一百零一岁
照顾我的儿媳
八十岁

加濑昭子·女性·静冈县·84岁·无业

狗狗在身后蹲着
等奶奶吃漏嘴
撒出来的饭粒

吉田爱・女性・宫城县・29岁・兼职打工者

每次一去健身房
回家要睡三天
才能恢复体力

樱桃 2018 · 女性 · 广岛县 · 58岁 · 主妇

爷爷
今天也跟我说了
初次见面

大城由美子·女性·冲绳县·38岁·公司职员

晚上的街道
以前是灰色的
现在是模糊的

中川洁・男性・福井县・52岁・公司职员

老人协会里
领导太多
根本没法做事

寺石八重子·女性·高知县·69岁·主妇

III

两个人聊天
互相问对方
您是哪位

伊豆太太·女性·静冈县·44岁·兼职打工者

测了三次血压
终于测出了
自己满意的结果

工藤律夫·男性·北海道·66岁·无业

夫妻出门旅行
老婆说
感觉自己是来当义工的

宫川孝志・男性・埼玉县・76岁・无业

宠物去世很难过
老公走了
好像没啥感觉

休闲乌冬·男性·冈山县·62岁·个体户

以为他俩在吵架
没想到
只是闲聊

川崎博 · 男性 · 静冈县 · 61岁 · 无业

比起包容能力
更想锻炼
憋尿能力

三郎 · 男性 · 千叶县 · 67岁 · 无业

老年斑和皱纹组合
看起来就像
猎户星座

市川洋子·女性·埼玉县·48岁·公司职员

一边看着
爱犬睡着的样子
一边写下遗书

玲央妈妈·女性·长野县·52岁·护士

碰到不想听的事
一概都听不到

日暮坂43·男性·大分县·55岁·兼职打工者

好累呀
明明什么都没做
怎么这么累

白井康博·男性·东京都·83岁·无业

上个厕所
得扶着墙
一路壁咚姿势走过去

井川实·男性·东京都·79岁·无业

挑下巴
是为了
确保自己呼吸通畅

久美・女性・神奈川县・60岁・无业

每次回娘家
墙上的提示语
都会增加

萤袋·女性·神奈川县·55岁·兼职工作者／主妇

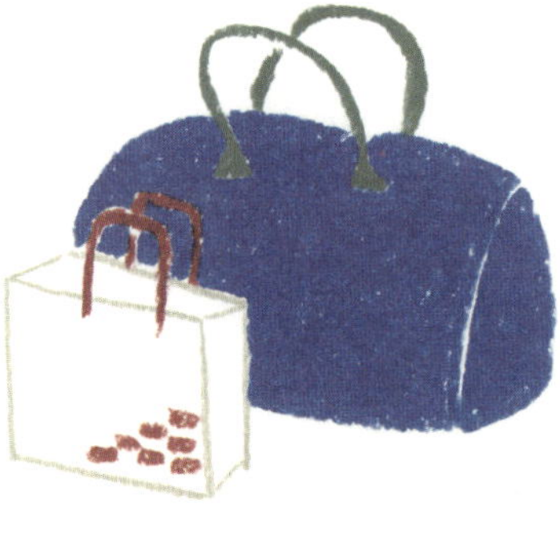

起了个大早去散步
狗狗冲我
连连打哈欠

满川恒朗 · 男性 · 静冈县 · 56岁 · 警卫员

今天老婆不在家
不知为何
心情特别好

黄昏今生·男性·爱知县·68岁

『油管』注
是什么新的管子吗
我问孙子

注：YouTube的另一种称呼

虾夷太郎·男性·北海道·50岁·公司职员

纸尿裤上怎么画着图案
原来已经被孙子
当成画纸了

梅野·女性·东京都·45岁·公司职员

给猫起了初恋的名字

江村澄子·女性·东京都·95岁·无业

糖尿病不能吃鳗鱼
老婆这样说着
自己全吃了

稻田悦夫·男性·千叶县·66岁

日历上的
预定事项
全是老婆的

水埜信行 · 男性 · 神奈川县 · 77岁 · 无业

还不能退居二线
照顾孙子
还得靠我呢

北斗·女性·大阪府·49岁·家政从业者

商场广播在找人
又一个迷路的
老爸

角森玲子·女性·岛根县·49岁·个体户

下午时间安排紧
数独涂色
忙不过来

阿刚・男性・大阪府・29岁・公司职员

像变魔术一样
能从各种地方
掏出诊疗券

猪又美惠子・女性・东京都・71岁・无业

IV

还好常做大脑锻炼
辅导孙子作业时
可派上用场了

丰岛真理子・女性・岩手县・61岁・主妇

店主说
这个LED灯[注]
能用到我去世

雾里・女性・大阪府・47岁・主妇

注：用发光二极管制作的灯

把牛排
切成碎末
用筷子夹着吃

高木游乐・男性・大分县・69岁・无业

奶奶开车太吓人
吓得我
脚直哆嗦

星野透 · 男性 · 埼玉县 · 79岁 · 无业

在瑜伽垫上
摆出舒展的姿势后
睡着了

真田惠子·女性·冈山县·63岁·主妇

老婆让我实话实说
结果
惹怒了老婆

高原郁子·女性·埼玉县·45岁·公司职员

老婆的字
现在怎么看
都感觉好像有毒

和田四郎・男性・东京都・73岁・无业

反反复复
听了好几遍
同样的话

北川正治·男性·爱媛县·79岁·无业

比起爱意
现在更在乎
尿意

春助・女性・大阪府・43岁・主妇

说是拍遗照
可还是比了个
剪刀手

平山绢江·女性·大阪府·67岁·主妇

不管春夏秋冬

耳朵里

永远能听见蝉鸣声注

注：耳鸣的一种症状

落合春雄·男性·静冈县·90岁·农业从业者

有五个孙子
得出去打工赚钱
才能维持自己
爷爷的地位

好小子·男性·东京都·76岁·兼职员工

比起害怕妖怪
更怕自己
要人看护

竹内照美·女性·广岛县·61岁·公司职员

『请您保重』
这温柔的声音
来自自动取款机

长畑孝典・男性・大分县・66岁・无业

只有三颗牙
很快刷完了

见边千春·男性·东京都·70岁·合同职员

和母亲见面时
她问我
你叫啥来着

加藤元美·女性·爱知县·54岁·主妇

痴呆的老伴
在叫我时
喊了狗狗的名字

小原光子·女性·鹿儿岛县·73岁·主妇

每天早上起床都要想想

自己现在

是在人间还是在阴间

饭田昌久·男性·静冈县·60岁·无业

得和亲家比一比
谁给孙子的
压岁钱多

乡广·男性·奈良县·68岁·个体户

一到商场里
全是老年人的时候
就知道
这是发养老金的日子

堀宅·男性·福岛县·44岁·自由职业

我把车子
停在了商场外哪儿来着

由美·女性·岐阜县·66岁·主妇

再婚前
得跟对方坦白
自己失禁的事

伴练一·男性·枥木县·75岁·无业

『给您怎么剪啊』

理发店小哥迷惑地

看着我那光秃秃的脑袋

案浦虎章 · 男性 · 福冈县 · 87岁 · 无业

老伴啊
你知道我现在
在找什么吗

荒木贞一·男性·北海道·74岁·无业

后记

读到最后的读者朋友，感谢你们。得到了诸多如“太真实了”“就像发生在身边一样”等这样好评的“银发川柳”，这次又推出了续篇。

“银发川柳”是日本公益社团法人全国养老院协会从2001年开始、每年都会举办的川柳作品征集活动。这是一项以轻松愉快地创作川柳、积极肯定老年生活并从创作中得到乐趣为初衷的征稿活动。至今为止，我们已经收到了超过18万首来自全国各地的投稿。

本书收录了88首作品，包括第十八届川柳作品征集活动中入围的20首。投稿总数为7872首（投稿人男性比例为54%，女性比例为46%），投稿者的平均年龄为69.2岁，比往年更加年轻一些。这次投稿者的最高年龄为105岁，最年少者为5岁的女童，看来挑战创作川柳的年龄层很广。

本次的主题仍然与健康和临终活动相关，此外，还有夫妻间的微妙关系、和孙辈相处的温暖日常等。很多读者表示，阅读时能够让人情不自禁地笑出声来，一边点着头一边说“就是这样”，还说“看了这本书，自己也想试着创作川柳了”。

本书中的川柳可谓各式各样，有“吃饭时 / 我和猫猫的餐具 / 是配套的”这样经典的描写日常生活的，也有“‘自拍’是什么 / 新的苍蝇拍吗 / 我问孙子”等这样融入今年流行话题的。每一首都带着敏锐的观察力和满满的爱意，打动着读者的内心。川柳创作，是一种凭借旺盛的好奇心、将自己的感受记录下来的行为。

正如本书开篇提到的，日本正在迈向“人生 100 年”的超高龄社会，而这本书以诙谐的笔调记录下老年人的日常生活，这让我们在面对严酷现实的同时，还记得那些快乐的时光。通过川柳，我们希望告诉大家，每个人并不孤独。如果本书能够博大家一笑，那实在是我们的无上之喜。

最后，向所有为本书提供作品的作者，表达最诚挚的感谢。

日本公益社团法人全国养老院协会
白杨社编辑部

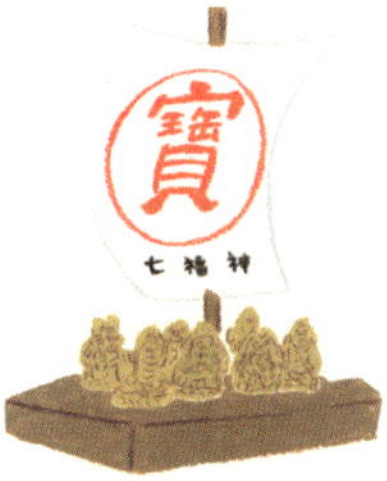